1
an fia

Gach bliain, nuair a thagadh an samhradh go hÉirinn, théadh Fionn agus na Fianna amach ag seilg. Suas leo ar na capaill agus amach geataí an dúin. Chaithidís an lá amuigh, Bran agus Sceolán ag rith rompu, ag iarraidh teacht ar fhia le haghaidh an dinnéir.

Lá amháin, bhí an lá ar fad caite ag Fionn agus na Fianna amuigh ag seilg. Ach ní raibh fia ar bith feicthe acu. 'Tá sé chomh maith againn dul abhaile,' arsa Fionn.

Ansin, thosaigh na madraí ag tafann. 'Fia!' arsa Fionn.

Rith an fia suas an sliabh agus isteach
i gcoill mhór. Rith Bran agus Sceolán ina
dhiaidh, iad ag tafann gan stad. 'Seo
linn!' arsa Fionn.

Bhí sé dorcha sa choill. Ar aghaidh
leis an bhfia, ag léim idir na crainn.
Ar aghaidh le Bran agus Sceolán, ag
tafann gan stad. Ar aghaidh le Fionn
agus na Fianna.

Ar deireadh, tháinig siad chuig áit
i lár na coille, áit nach raibh aon
chrann ag fás. Bhí Bran agus Sceolán
ina seasamh os comhair an fhia agus
cuma an-chrosta orthu. Bhí an dá
mhadra mar ghardaí ag an bhfia!

Léim Fionn anuas dá chapall. Shiúil sé i dtreo an fhia. 'Grrrrrr,' arsa Bran agus Sceolán. Stop Fionn. Bhreathnaigh sé ar an bhfia. Ceann baineann, eilit, a bhí ann. Bhreathnaigh sí ar Fhionn lena súile móra donna. Bhí faitíós an domhain uirthi.

'An maróimid í, a Fhinn?' arsa duine de na Fianna.

'Grrrrrrrrrr,' arsa Bran agus Sceolán arís.

'Ná déan,' arsa Fionn.

Ansin sheas Bran amach os comhair na heilite. Sheas Sceolán ar a cúl. Shiúil siad leo go mall cúramach amach as an gcoill. 'Leanaimis iad,' arsa Fionn. 'Ach ná cuirimis isteach orthu. Tá rud éigin an-speisialta ag baint leis an eilit sin.'

Síos an sliabh leo ar fad. Ar aghaidh leo an bealach ar fad go dtí an dún mór a bhí ag Fionn agus na Fianna in Almhain.

An oíche sin, shuigh an fia ag barr halla na bhféastaí. Shuigh Bran agus Sceolán in aice léi, ag tabhairt an-aire di. 'Scéal an-aisteach é seo,' arsa Fionn leis féin. 'An-aisteach ar fad.'

2
Sadhbh, an banphrionsa

Dhúisigh Fionn i lár na hoíche. Bhí
cailín álainn ina seasamh ag bun na
leapa.

'Cé thusa?' arsa Fionn. Bhreathnaigh
an cailín ar Fhionn lena súile móra
donna. 'Is mise an eilit,' arsa an cailín.
'An eilit?' arsa Fionn. 'Is ea,' arsa an
cailín. 'An eilit'.

D'inis an cailín a scéal d'Fhionn.
Sadhbh ab ainm di. Banphrionsa a bhí
inti. Bhí cónaí uirthi lena tuismitheoirí
i ndún mór álainn. Chaitheadh sí an
lá go sona, sásta, ag casadh ceoil ar an
gcruit.

Lá amháin tháinig seanfhear chuig dún a hathar, ag iarraidh Sadhbh a phósadh. Bhí sé bacach agus bhí bata siúil aige. Bhí a lámha salach agus bhí boladh bréan uaidh. Ach fear an-saibhir a bhí ann.

'Tabharfaidh mé airgead agus ór duit,' arsa an fear. 'Tabharfaidh mé gúnaí áille duit. Tabharfaidh mé fáinní agus seoda duit'. Ach ní raibh Sadhbh ag iarraidh é a phósadh.

'Tháinig sé ar ais arís agus arís,' arsa Sadhbh. 'Lá amháin, d'iarr sé orm dul ar shiúlóid leis sa choill. Ní raibh mé ag iarraidh imeacht ag siúl leis. Ach dúirt mo dhaid liom gan a bheith drochmhúinte.

'Amach liom sa choill leis. Shiúlamar ar feadh píosa. Ansin stop sé. Sheas sé an-ghar dom. Bhí boladh uafásach óna bhéal. "Tabharfaidh mé seans amháin deiridh duit," a dúirt sé. "An bpósfaidh tú mé?" "Tá aiféala orm ach ní phósfaidh mé thú," arsa mise.

' "Aiféala atá ort an ea?" a dúirt sé.

"Bhuel beidh aiféala níos mó anois ort."
Ansin d'ardaigh sé a bhata siúil agus
bhuail sé mé.

'Ansin . . . '

Bhí deora móra lena súile ag Sadhbh
anois.

'Abair leat,' arsa Fionn go séimh.

'Ansin, chonaic mé mo lámha ag
athrú. Ní méara a bhí orthu níos mó

BEIDH AIFÉALA NÍOS MÓ ANOIS ORT!

ach crúba! Chuir sé sin faitíos mór orm. "Ní bheidh mé in ann an chruit a chasadh níos mó!" a dúirt mé liom féin. Ansin, d'athraigh mo chraiceann. Bhí mé clúdaithe le fionnadh donn! Thosaigh mo shrón ag eírí níos faide! Ba ghearr go raibh mé athraithe go hiomlán. Ní cailín a bhí ionam níos mó – ach fia.'

'Cén uair a tharla sé seo?' a d'fhiafraigh Fionn. 'Seacht mbliana ó shin,' arsa Sadhbh. Ghlan sí na deora dá súile agus lean ar aghaidh lena scéal.

'Lá amháin an geimhreadh seo caite, bhí mé ag siúl sa choill. Lá an-fhuar a bhí ann. Bhí sé ag cur sneachta. Chonaic mé seanbhean ina luí ar an talamh. Bhí an créatúr bocht préachta leis an bhfuacht. Bhí sí an-tinn agus an-lag. Bhí trua agam don tseanbhean. Luigh mé síos in aice léi agus choinnigh mé te í le mo chuid anála.

'D'fhan mé leis an tseanbhean an oíche sin. An lá dár gcionn, bhí biseach mór uirthi.

' "Ní haon ghnáthfhia thusa," arsa an tseanbhean. Chroith mé mo cheann. "Is duine thú atá faoi dhraíocht, nach ea?" Thosaigh mé ag caoineadh, deora móra fia.

' "Tá a fhios agamsa conas an draíocht a scaoileadh," arsa an tseanbhean. "Má théann tú go hAlmhain, chuig an dún atá ag Fionn Mac Cumhaill, beidh tú slán sábháilte. Má fhanann tú taobh istigh de na ballaí, ní bheidh an draíocht ag cur isteach ort. Beidh tú i do chailín álainn óg arís."

'Thriail mé go minic teacht isteach ó shin,' arsa Sadhbh. 'Ach bhí faitíos orm.'

Bhí an-trua ag Fionn don chailín bocht.

'Táim an-sásta gur éirigh leat teacht isteach anocht,' a deir sé. 'Tá tú sábháilte anseo. Is féidir leat fanacht chomh fada agus is mian leat.'

3
an pósadh

D'fhan Sadhbh in Almhain. Bhí sí
an-sásta ann. Lá amháin, thug Fionn
cruit mar bhronntanas di. Shuigh
Sadhbh síos agus chas sí píosa ceoil. Ní
raibh ceol chomh hálainn leis cloiste
riamh ina shaol ag Fionn.

Gach tráthnóna nuair a thagadh
Fionn abhaile, bhíodh Sadhbh thuas ar
an mballa, ag faire amach dó. Shuíodh
sí in aice leis ag an bhféasta gach oíche
agus dhéanaidís damhsa le chéile nuair
a bhíodh an dinnéar thart.

Ba ghearr gur thit Fionn agus Sadhbh
i ngrá. Tráthnóna amháin, nuair a

tháinig Fionn abhaile, bhí bronntanas
eile aige do Shadhbh. Dealg álainn
a bhí ann, maisithe le hór agus le
cré-umha agus le seoda.

'Sin dealg an-speisialta,' arsa Sadhbh.
'Is ea,' arsa Fionn. 'Agus ba mhaith liom
go gcaithfeá í ar lá speisialta.' 'Cén lá

speisialta é sin?' arsa Sadhbh. 'An lá a phósfaimid,' a d'fhreagair Fionn. 'Táim i ngrá leat, a Shadhbh. An bpósfaidh tú mé?' 'Ó pósfaidh,' arsa Sadhbh. 'Pósfaidh cinnte!'

Bhí bainis iontach ag Fionn agus Sadhbh. Chaith Sadhbh gúna álainn glas. Chaith sí an dealg speisialta ar a clóca corcra.

Lean an féasta agus an damhsa ar aghaidh ar feadh seacht lá agus seacht n-oíche. Bhí Fionn agus Sadhbh sona sásta.

Tráthnóna samhraidh amháin, cúpla mí ina dhiaidh sin, bhí Sadhbh ina seasamh ar an mballa, ag fanacht le Fionn. Bhí áthas mór uirthi. 'Tá scéala mór agam duit,' a deir sí. 'Abair leat,' arsa Fionn. 'Táim ag súil le páiste,' arsa Sadhbh. 'Beidh tú i do dhaidí!'

'Beidh mé i mo dhaidí,' arsa Fionn leis féin. 'Beidh mé i mo dhaidí!'

Ón lá sin amach, ní raibh Fionn ag iarraidh dul ag seilg leis na laochra eile. B'fhearr leis fanacht in Almhain le Sadhbh. Ní fhaca Fionn a athair féin riamh – bhí Cumhall marbh sular rugadh é féin. Mar sin, bhí sé ag súil go

BEIDH TÚ
I DO DHAIDÍ!

mór le bheith ina dhaidí é féin. Bhíodh
sé i gcónaí ag caint faoin leanbh a bhí
ar an mbealach. 'Meas tú an buachaill
nó cáilín a bheidh ann?' ar seisean le
Sadhbh, lá.

'Níl a fhios agam a stór,' arsa Sadhbh.
'Cé acu ab fhearr leat féin?'

'Cailín b'fhéidir. Nó buachaill.
Nó cailín. Níl a fhios agam!' Rinne
Sadhbh gáire. 'Pé rud a bheidh ann,

tá mé cinnte go mbeidh tú i do dhaidí iontach.' Thug sí póigín dó.

4
na lochlannaigh!

Lá amháin bhí Fionn agus Sadhbh
thuas ar an mballa in Almhain, ag
breathnú amach ar an tír. Go tobann,
chonaic siad saighdiúir ag teacht ar
chapall. Bhí an capall ag rith ar nós
giorria agus bhí an saighdiúir ag
béiceach go hard.

'Na Lochlannaigh!' a scread sé. 'Tá na
Lochlannaigh ag teacht!'

'Cé hiad na Lochlannaigh?' arsa
Sadhbh. 'Dream fiáin,' arsa Fionn.
'Tá báid mhóra acu. Tagann siad ar
an bhfarraige. Goideann siad ór agus
airgead. Cuireann siad tithe trí thine.

Maraíonn siad daoine.' 'Ó ná habair!'
arsa Sadhbh.

Isteach an geata leis an saighdiúir.
Dúirt sé le Fionn go raibh fiche bád ag
na Lochlannaigh. Bhí céad saighdiúir
i ngach bád. 'Caithfimid imeacht anois
díreach,' arsa Fionn.

'Ná himigh,' arsa Sadhbh. 'Tá na
Lochlannaigh sin an-chontúirteach,
nach bhfuil?'

'Tá,' arsa Fionn, 'ach is mise an Taoiseach. Caithfidh mé imeacht'

'Bí cúramach,' arsa Sadhbh. 'Níl mé ag iarraidh go bhfásfaidh ár leainbhín suas gan athair.'

Dúirt Fionn go mbeadh sé an-chúramach. Dúirt Sadhbh go bhfanfadh sí ar an mballa gach lá, ag faire amach dó. 'Beidh an dealg speisialta orm gach lá,' a dúirt sí. 'Feicfidh tú mé ar an mballa nuair a thiocfaidh tú ar ais. Beidh mo chlóca corcra orm.'

Thug Fionn póg do Shadhbh. Leis sin, léim sé in airde ar a chapall dubh agus d'imigh leis.

Suas le Sadhbh ar an mballa. Bhreathnaigh sí ar Fhionn ag imeacht leis. 'Tar ar ais a stór,' a dúirt sí go ciúin, léi féin. 'Tar ar ais.'

Chaith Fionn seacht lá agus seacht n-oíche ag troid leis na Lochlannaigh. Dream fiáin a bhí iontu. Mharaigh siad go leor dá chairde ach mharaigh Fionn agus na Fianna go leor Lochlannach chomh maith.

Ar an ochtú lá, bhí an trá dearg le fuil. Bhí báid na Lochlannach ar fad

trí thine, seachas bád amháin. Ní
raibh ach cúigear Lochlannach fós
ina seasamh. Shiúil Fionn ina dtreo,
a chlaíomh ina lámh aige. 'Isteach sa
bhád sin libh,' a deir sé, 'agus ná tagaigí
ar ais anseo arís!'

Isteach sa bhád leis an gcúigear
Lochlannach. D'imigh siad leo. Shuigh
Fionn síos ar an trá. Bhí sé an-tuirseach.
'Anois,' a deir sé. 'Tá sé in am dul
abhaile.'

5
Cá bhfuil Sadhbh?

An bealach ar fad abhaile, bhí Fionn ag
smaoineamh ar Shadhbh. 'Is gearr go
mbeidh an babaí ag teacht,' arsa Fionn
leis féin. 'Is gearr go mbeidh mé i mo
dhaidí!'

Bhí sé ag súil go mór le Sadhbh a fheiceáil thuas ar an mballa, ag faire amach dó.

Nuair a tháinig sé i ngar d'Almhain, bhreathnaigh sé suas. Bhí na saighdiúirí thuas ar an mballa, ach ní fhaca sé aon rian de chlóca corcra. Ní raibh Sadhbh ann. 'Tá sé sin an-aisteach,' arsa Fionn leis féin.

Isteach an geata leis. Ní raibh Sadhbh ansin ach oiread. Ní raibh ann ach cúpla saighdiúir. Léim Fionn anuas dá chapall. 'Cá bhfuil Sadhbh?' a deir sé.

Bhí ciúnas sa chlós. Bhí cuma bhrónach ar na saighdiúirí.

'Cá bhfuil Sadhbh?' arsa Fionn arís. 'Cá bhfuil sí?'

'A Fhinn,' arsa saighdiúir amháin go ciúin, neirbhíseach. 'Tá drochscéala againn duit.'

'Cén sórt drochscéala?' arsa Fionn.
'Abair amach é.'

'Dhá lá ó shin,' arsa an saighdiúir,
'bhí Sadhbh thuas ar an mballa, ag
fanacht leat. Go tobann, chonaiceamar
fear, díreach cosúil leatsa ag teacht – ar
chapall, díreach cosúil le do chapallsa.

Bhí áthas mór ar Shadhbh. "Tá Fionn ar ais," a dúirt sí. "Tá sé ar ais slán sábháilte!" Tháinig an fear chomh fada leis an ngeata. Stop sé. D'oscail mise an geata, ach níor tháinig an fear isteach. Rith Sadhbh síos – bhí sí cinnte gur tusa a bhí ann. Bhíomar ar fad cinnte! Amach an geata léi. Ach – ' Stop an saighdiúir.

'Ach?' arsa Fionn.

'Ach nuair a chuaigh sí chomh fada leis an bhfear, tharraing sé amach bata – bata siúil a bhí ann. Bhuail sé Sadhbh leis an mbata.

'Ansin d'athraigh sí – ina fia! Rith sí síos an cnoc agus isteach sa choill. Lean an fear í. Ach anois ní raibh sé cosúil leatsa níos mó. Anois, seanfhear gránna a bhí ann!'

'Agus ar lean sibh iad?' arsa Fionn. 'Lean cinnte,' arsa an saighdiúir. 'Leanamar iad, ach bhí siad róthapa dúinn. Bhí siad imithe.'

Amach an geata le Fionn. Rith sé go dtí an áit ar athraigh an seanfhear gránna Sadhbh ina fia arís. Chonaic sé rud éigin ar an talamh, rud éigin ag glioscarnach san fhéar. Chrom sé síos.

Ina luí san fhéar, bhí an dealg speisialta
a bhí tugtha ag Fionn do Shadhbh. Thit
Fionn ar a ghlúine. Bhí dath bán ar
a éadan. Lig sé liú mór bróin as. 'Mo
bhean agus mo bhabaí!' a dúirt sé. 'Tá
siad imithe.'

6
an buachaillín beag

Ar feadh seacht mbliana ina dhiaidh
sin, chuardaigh Fionn gach gleann agus
gach sliabh in Éirinn, ag iarraidh teacht
ar Shadhbh. Chuardaigh sé gach coill,
gach portach agus gach cladach. Ach
ní fhaca sé Sadhbh in áit ar bith. Bhí a
chroí briste.

   Lá amháin, ag deireadh na seachtú
bliana, bhí Fionn agus na Fianna
amuigh ag cuardach. Bhí sé beagnach
ina oíche agus ní raibh fia ar bith
feicthe acu ar feadh an lae. 'Tá sé
chomh maith againn dul abhaile go
hAlmhain,' arsa Fionn.

Díreach ansin, thosaigh na madraí ag tafann. 'Céard atá ann?' arsa Fionn.

Rith Bran agus Sceolán suas an sliabh agus isteach i gcoill mhór, iad ag tafann gan stad. 'Seo linn!' arsa Fionn.

Bhí sé dorcha istigh sa choill. Ar aghaidh le Bran agus Sceolán, ag léim idir na crainn agus ag tafann gan stad. Ar aghaidh le Fionn agus na Fianna.

Ar deireadh, tháinig siad chuig áit i lár na coille, áit nach raibh aon chrann ag fás ann. Bhí Bran agus Sceolán ina seasamh ann. Bhí cuma an-chrosta orthu. Taobh thiar de na madraí, bhí buachaillín beag ina sheasamh. Bhí an dá mhadra anois mar ghardaí ag an mbuachaillín beag!

Léim Fionn anuas dá chapall. Shiúil sé i dtreo an bhuachaillín. 'Grrrrr,' arsa Bran agus Sceolán. Stop Fionn. Bhreathnaigh Fionn ar an mbuachaillín. Thart ar seacht mbliana d'aois a bhí sé. Bhreathnaigh sé ar Fhionn lena shúile móra donna. Bhí faitíos an domhain air.

'Cé thú féin, a bhuachaillín?' arsa
Fionn leis go deas, séimh. Níor thug an
buachaillín aon fhreagra. Siar le Bran
chuige agus ligh sé srón an bhuachaillín
lena theanga. Ansin, chuir an
buachaillín amach a theanga agus ligh
seisean srón an mhadra! An chéad rud
eile, léim sé in airde ar dhroim Sceoláin.

As go brách le Sceolán agus leis
an mbuachaillín. Lean Bran iad.
Bhreathnaigh sé siar anois is arís. Bhí
cuma chrosta air fós.

'Leanaimis iad,' arsa Fionn. 'Ach ná
cuirimis isteach orthu. Tá rud éigin
an-speisialta faoin mbuachaillín beag
sin.'

Amach as an gcoill leo agus síos an
sliabh. Ar aghaidh leo mar sin, an
bealach ar fad go hAlmhain.

7
'Sin í mo Mhamaí!'

Bhí an ceart ag Fionn. Buachaillín
an-speisialta a bhí ann. Cé go raibh
sé seacht mbliana d'aois, ní raibh aon
chaint aige. Bhí sé ag iarraidh codladh
ar an urlár. Ní raibh sé ag iarraidh
aon rud a ithe ach glasraí! Ach de réir
a chéile, d'éirigh sé cairdiúil le Fionn.
Mhúin Fionn focail dó – 'grian,' agus
'gealach' agus 'crann' agus 'cnoc'.

Tráthnóna amháin ag an bhféasta
tháinig an buachaillín aníos chuig
Fionn agus dúirt sé: 'Ba mhaith liom
deoch bhainne, más é do thoil é.' Bhí
Fionn an-sásta go raibh sé in ann an
méid sin a rá.

Cúpla mí ina dhiaidh sin, bhí Fionn
agus an buachaillín ar an trá. Bhí
siad ina suí ag tarraingt pictiúr sa
ghaineamh le maide. 'Breathnaigh!'
arsa an buachaillín le Fionn.
'Breathnaigh ar mo phictiúr!'

'Tá sé go hálainn!' arsa Fionn. 'Inis dom faoi'.

'Sin mise,' arsa an buachaillín. 'Agus sin í mo mhamaí.'

Bhí iontas ar Fhionn. 'Ach sin fia,' arsa Fionn. 'Is ea,' arsa an buachaillín. 'Sin í mo mhamaí!'

Is ansin a d'inis an buachaillín a scéal d'Fhionn. Fia a bhí mar mhamaí aige agus é beag. D'óladh sé a cuid bainne. Choinníodh sí te san oíche é lena cuid anála. Léimeadh sé ar a droim agus thugadh sí ag marcaíocht é. Bhí siad sona sásta le chéile.

Ach lá amháin, tháinig fear gránna ar cuairt chucu. Bhí sé bacach agus bhí bata siúil aige. Bhí a lámha salach agus boladh bréan uaidh. Bhí faitíos an domhain ar a mhamaí roimh an

seanfhear. Nuair a d'imigh sé arís bhí sí
ag caoineadh.

'Tháinig an fear arís is arís,' arsa an
buachaillín. 'Lá amháin, d'éirigh sé
an-fheargach. Bhí sé ag béiceach. Bhí
faitíos an domhain ormsa agus ar mo

mhamaí. Ar deireadh, d'ardaigh sé an bata siúil agus bhuail sé mo mhamaí.

'Bhí mise ag iarraidh é a stopadh. Ach ní raibh mé in ann corraí. Bhí mo chosa greamaithe den talamh. Ansin – ' Bhí an buachaillín beag ag caoineadh anois. 'Ansin, d'imigh an seanfhear gránna. D'imigh mo mhamaí ina dhiaidh. Bhreathnaigh sí siar orm. Bhí sí ag caoineadh. Ach ní raibh sí in ann stopadh. Shiúil sí amach as an gcoill agus ní fhaca mé riamh arís í.'

Bhreathnaigh an buachaillín suas ar Fhionn. Bhí an Taoiseach ag caoineadh chomh maith. 'Is tusa mo mhaicín,' arsa Fionn. 'Is mise do dhaidí. Is mise do dhaidí!'

8
Oisín

Ní raibh aon ainm ar an mbuachaillín go dtí an lá sin. Shocraigh Fionn 'Oisín' a thabhairt air. Ciallaíonn an t-ainm 'Oisín' fia óg.

D'fhás Oisín suas ina fhear láidir, misniúil cosúil lena athair. Bhí an-suim aige sa cheol, ar nós a mhamaí roimhe. Nuair a bhí sé deich mbliana d'aois, thug Fionn dhá bhronntanas an-speisialta d'Oisín – an chruit a bhí ag Sadhbh nuair a bhí sí in Almhain agus an dealg speisialta a chaith sí an lá a phós sí féin agus Fionn.

Ní fhaca siad Sadhbh riamh ina

dhiaidh sin. Chuir sé sin brón ar Fhionn.
Ach má chuir, bhí duine eile aige anois
a raibh súile móra donna aige. Ní raibh
Fionn riamh tar éis aithne a chur ar a
dhaidí féin. Ach bhí sé an-sásta go raibh
aithne anois aige ar a mhac álainn,
Oisín.

44